ALINE,

REINE DE GOLCONDE,

BALLET-PANTOMIME

EN TROIS ACTES,

PAR M. AUMER;

MAITRE DE BALLETS DE L'ACADÉMIE ROYALE DE MUSIQUE.

Musique composée et arrangée

PAR M. GUSTAVE DUGAZON.

Représenté sur le théâtre de l'Académie royale de Musique, le 1er. octobre 1823.

Prix : 1 fr. 50 c.

A PARIS.

CHEZ J.-N. BARBA, LIBRAIRE,

ÉDITEUR DES OEUVRES DE MM. PIGAULT-LEBRUN, PICARD et ALEX. DUVAL,

PALAIS-ROYAL, DERRIÈRE LE THÉATRE FRANÇAIS, N°. 51.

1823.

IMPRIMERIE DE FAIN, PLACE DE L'ODÉON.

PERSONNAGES.	ACTEURS.
ALINE.	Mme. BIGOTINI.
ZÉLIE.	Mme. NOBLET.
SAINT-PHAR.	M. MONT-JOIE.
OSMIN.	M. PAUL.
NADIR.	Mlle. BERTRAND 2e.
SIGISKAR.	M. AUMER.
SAID JAD.	M. MÉRANTE.
CHEF DES EUNUQUES.	M. GODEFROY.

OFFICIERS FRANÇAIS.

MM. SEURIOT, PUPET, ÉLIE GUILLET, ROMAIN, L'ENFANT 1er., LENOIR.

GRANDS DE LA COUR.

MM. CHATILLON, L. PETIT, ALERME, GALLAIS.

DAMES DE LA COUR.

Mmes. COULON, PROCHE, ÉLÉONORE, PADELOUP, JULIE, MAILLET, LECLERCQ, CHANE.

JEUNES ESCLAVES.

Mlles. PEAN, LEGRAND, CAVA, BOUGLEUX, KEPPLER 1re., CROISETTE, CAMPAN, GUET, BERNARD, PICOT, COUPOTTE, ALINE 2e.

GARDES DE LA REINE.

GRENADIERS FRANÇAIS.

DANSE DU PREMIER ACTE.

PAS DE FEMMES.

Mmes. Hulin, J. Aumer.

Mlles. Mont-Joie, Naderkor, Gosselin, Brocard, Pérès, Kaniel, Géneveaux, Lemonnier, Fourcisi, Joly 1re., Bassompière, Athalie, Aubert, Gane, Bertrand, Leroux, Noblet 2e., Levasseur.

GOLCONDOIS.

MM. Petit 1er., Rivière, Bense, Faucher 1er., l'Enfant 2e., Lefebvre, Isambert, Pillain.

INDIENS.

MM. Péqueux, Groneau, Martin, Vincent, Guiffard, Faucher 2e., Ropiquet, Olivier.

BAYADÈRES.

Mlles. Podevin, Mont-Joie, Angéline, Naderkor, Pensard, Géneveaux, Darmancourt, Lemonier, Seuriot 2e., Bassompière, Athalie, Gane, Aubert, Bertrand 1re., Leroux 1re. Levasseur, Anquetil, Noblet 2e.

PAS DE TROIS.

M.	Mmes.
Paul,	Anatole,
	Montessu.

AUTRE PAS DE TROIS.

M.	Mmes.
Gosselin,	Hullin.
	J. Aumer.

FINALE.

DEUXIÈME ACTE.

Les Bayadères,
Les jeunes Esclaves,
Les Indiens,
Les dames de la cour.

PAS DE DEUX.

Mmes.
Hullin,
J. Aumer.

PAS DU SCHALL.

M.	Mme.
Coulon.	Bigottini.

TROISIÈME ACTE.

PROVENCEAUX.

M. Paul.

MM. Petit, Rivière, Bense, Faucher 1er., l'Enfant 2e., Isambert, Pillain, Lefebvre,

UN PETIT PATRE.

Mlle. Hullin 2e.

PROVENÇALES.

Mmes. Bigottini, Noblet.

CORYPHÉES.

Mlles. Gosselin, Pérès, Kaniel, Joly 1re.

Mlles. Podevin, Mont-Joie, Naderkor, Angéline, Géneveaux, Lemonier, Pensard, Bassompière, Athalie, Bertrand 1re., Gane, Aubert, Seuriot, Levasseur, Noblet 2e., Leroux 1re., Lemonier.

Les Indiens,
Les dames de la cour,
Les jeunes esclaves,

PETITS NÈGRES.

MM.	Mlles.
Petit fils,	Leroux 2e.,
Châtillon,	Proche 2e.,
Ragaine,	Chavigny,
Dejazet 1er.,	Aimée,
Ferdinand,	Fitzames,
Pean,	Joly 2e.,
Fremole,	Ropiquet,
Kaiffer,	Puéch.

Dernier divertissement.

PAS DE SEPT.

M.	Mmes.
Gosselin,	Marinette,
	Hullin,
	Vigneron.
	J. Aumer.
	Buron,
	Lacroix.

FINALE.

ALINE.

ACTE PREMIER.

SCÈNE PREMIÈRE.

(Le théâtre représente l'intérieur d'un palais. Sur l'un des côtés est un trône : de l'autre, l'appartement de la reine.)

DES nègres commandés par Osmin sont occupés à préparer un trône. Zélie paraît avec Nadir. Ils volent dans les bras d'Osmin, qui donne tour à tour des caresses à son fils et à son épouse.

Zélie forme un bouquet qu'elle remet à Nadir pour le présenter à la Reine. Elle prend ensuite sa guitare, et accompagne Osmin qui forme quelques pas de danse. L'enfant veut imiter son père, et par ses grâces naïves charme le cœur de ces tendres époux. Cette scène est interrompue par l'arrivée des gardes, qui devancent la Reine.

SCÈNE II.

On voit paraître d'abord Sigiskar, les agas, les cadis : ensuite la Reine vient se placer sur son trône. Les gardes veulent l'entourer; mais d'un signe, Aline leur ordonne de se retirer. Elle fait ouvrir les portes du sérail, et donne la liberté aux femmes. Les bayadères prennent la place des farouches soldats. Le chef des eunuques est renvoyé. La Reine accorde des récompenses à ses fidèles serviteurs. Sigiskar, à la vue de tous ces changemens, ne peut s'empêcher de témoigner son mécontentement. Il finit cependant par approuver ces réformes; et après une soumission respectueuse, il ose faire à la Reine la déclaration de son amour, et demander sa main. Les regards d'Aline peignent le déplaisir qu'elle éprouve. Elle ordonne à Sigiskar de s'éloigner de sa présence ; confus de l'affront qu'il reçoit, il sort avec précipitation, et semble déjà méditer un projet de vengeance.

SCÈNE III.

Aline fait signe à Osmin de s'approcher; et pour récompenser dignement sa fidélité, elle lui donne un damas et un riche collier. Les femmes prennent chacune une harpe, et exécutent des airs tendres. Osmin et Zélie retracent à l'imagination d'Aline les heureux momens qu'elle a passés avec Saint-Phar. La Reine en est attendrie jusqu'aux larmes. Zélie, qui s'en aperçoit, lui demande la cause de sa tristesse. Le cœur d'Aline a besoin de s'épancher. Elle fait retirer tout le monde.

SCÈNE IV.

Aline, se trouvant seule avec Zélie, se précipite dans ses bras. Cette tendre amie la supplie de lui faire connaître la cause de son chagrin. Aline, après avoir hésité un moment, lui déclare que son cœur est engagé. Puis, la conduisant vers le trône, elle presse un bouton, et le fond du trône, qui disparaît aussitôt, laisse voir le hameau où Saint-Phar a connu Aline. Il est représenté à ses pieds, lui jurant un amour éternel. Zélie demeure frappée de la beauté du jeune homme. Aline vivement émue porte la main sur son cœur. Zélie reconnaît ensuite les rives de la Durance : elle se plaît à contempler les oliviers, à suivre des yeux un jeune pâtre qui traverse un pont. — « C'est là, semble lui dire Aline; c'est dans ces lieux que j'ai reçu le jour, et que mon cœur fut donné à St.-Phar pour toujours ! » Le canon se fait entendre. Aline s'empresse de faire disparaître le tableau mystérieux.

SCÈNE V.

On vient annoncer à la Reine qu'un

ambassadeur français attend le moment de lui être présenté. Elle ordonne qu'il soit admis sur-le-champ, et qu'on lui rende tous les honneurs qui lui sont dus. On introduit un officier de l'ambassadeur, qui présente les lettres de créance de la part de son souverain. Sigiskar, après en avoir pris lecture, les rend à l'officier qui se retire.

SCÈNE VI.

Les troupes de Golconde ouvrent la marche : elles sont suivies de nègres, de femmes et de seigneurs indiens, qui se rangent auprès du trône. Saint-Phar paraît ensuite, entouré de tous ses officiers. Il se prosterne aux pieds de la Reine, dont l'étonnement et l'émotion sont extrêmes, lorsqu'elle reconnaît son amant dans la personne de l'ambassadeur. Elle voudrait se précipiter vers lui ; mais forcée de se contraindre, elle se couvre le visage de son voile. Zélie est frappée de la ressemblance de l'ambassadeur avec le jeune homme qu'elle a vu dans le tableau mystérieux. Elle est sur le point de trahir le secret, lorsque la Reine, qui s'en aperçoit, lui recommande le silence. Sigiskar, témoin de tous ces mouvemens, cherche à en deviner la cause. L'ambassadeur présente ses tablettes. Sigiskar les prend et les remet à la Reine. Elle accepte les conditions du traité, et fait donner une branche d'olivier à l'ambassadeur, comme un gage de l'amitié qui doit régner entre les deux nations.

Sigiskar veut s'y opposer; mais un regard de la Reine le fait rentrer dans le devoir. Cependant les officiers de l'ambassadeur viennent déposer au pied du trône les présens d'usage. Aline ordonne aux bayadères de célébrer par des danses l'arrivée de l'ambassadeur. Après le divertissement, Osmin prend les ordres de la Reine. Il invite Saint-Phar à le suivre. Les femmes et les Indiens défilent en dansant. Les troupes les suivent, et tout le monde s'incline en passant devant le trône.

Aline, qui voit Saint-Phar s'éloigner, lève son voile pour le suivre des yeux. Elle s'abandonne à sa joie : elle prend la main de Zélie, la met sur son cœur, exprime combien elle est heureuse, et pendant que le cortége défile, elle l'entraîne pour l'entretenir plus librement de son bonheur.

ACTE DEUXIÈME.

SCÈNE PREMIÈRE.

(Le théâtre représente un jardin dans le goût asiatique. Sur un des côtés est un riche pavillon. Dans le fond, un pont traverse la scène.

ALINE, qui a changé de vêtemens avec Zélie, arrive, suivie de sa fidèle compagne. Elle veut par ce déguisement éprouver l'amour de Saint-Phar.

SCÈNE II.

Osmin paraît, et vient se prosterner aux pieds de Zélie. Aline et Zélie, cachées sous leurs voiles, jouissent de cette méprise. Aline écrit sur des tablettes une invitation pour l'ambassadeur. Elle les remet à Osmin qui, la prenant pour son épouse, refuse de s'en charger, et témoigne même de la jalousie; mais Zélie imitant le ton et les manières de la Reine, ordonne à Osmin de prendre les tablettes, et de les faire porter sur-le-champ à Saint-Phar.

SCÈNE III.

Aline fait signe à ses femmes de paraître : elles accourent de toutes parts. La Reine lève son voile, et commande à toutes les bayadères, aux eunuques et aux noirs d'obéir pour ce jour à Zélie. Osmin ne peut revenir de son étonnement; tout le monde le partage. Aline prie Osmin de faire venir Nadir, et dit aux femmes de fêter l'arrivée du nouvel ambassadeur. Les unes prennent des corbeilles de fleurs, les autres des guirlandes. Les bayadères doivent former des danses voluptueuses, au son des instrumens joués par de jeunes esclaves. Osmin amène Nadir, à qui la

Reine remet une corbeille de fleurs. Aline confie à Osmin qu'elle veut éprouver le cœur de l'ambassadeur, et que Zélie doit tout tenter pour le séduire. Osmin ne peut cacher les craintes qu'il éprouve; mais Zélie se précipite dans ses bras, et le rassure, en lui apprenant que Saint-Phar est l'amant d'Aline. Un eunuque vient annoncer l'ambassadeur. Aline se retire aussitôt avec les bayadères. Zélie et plusieurs femmes entrent dans le pavillon, et Osmin s'éloigne avec les esclaves qui sont chargés des présens.

SCÈNE IV.

Saint-Phar arrive. Une troupe de jeunes filles se présentent sur son passage : il témoigne sa surprise; il hésite un moment; il traverse enfin le pont. Là il est arrêté par d'autres femmes, qui font entendre le son harmonieux de leurs instrumens. Plus loin, c'est un essaim de bayadères qui folâtrent autour de lui. Plus il avance, plus sa surprise augmente. Deux jeunes filles viennent lui offrir, l'une un bouquet de diamans, et l'autre un bouquet de fleurs. Il prend ce dernier, et doute encore si ces lieux ne sont point enchantés, lorsqu'enfin les rideaux du pavillon se lèvent et laissent voir Zélie, qu'il prend pour la Reine, assise sur son trône, entourée d'une nombreuse suite de femmes, et offrant à ses yeux toutes les richesses d'un luxe asiatique. L'étonnement et l'admiration de Saint-Phar sont à leur comble. Des parfums brûlent. Un enfant lui présente deux colombes. Des femmes sont groupées de différentes manières. Osmin fait déposer aux pieds de Saint-Phar de riches et magnifiques présens. Saint-Phar peut à peine croire au prestige qui s'offre à ses yeux. Il s'incline devant Zélie, la prenant toujours pour la Reine. Aline, placée près de lui, jouit de son étonnement. Zélie fait un signe, et aussitôt l'épée et le chapeau sont enlevés à Saint-Phar.

Des femmes l'entourent de guirlandes, et le conduisent auprès du trône. Des Indiens apportent une table richement servie. La Reine fait offrir des fruits à Saint-Phar : Nadir les lui présente; et l'ambassadeur, qui admire les grâces naïves de cet enfant, le caresse. On entend une musique agréable. Les femmes exécutent plusieurs danses. Aline, tenant une aiguière d'or, verse à boire à son amant : son cœur éprouve une douce émotion, et ses yeux expriment le plaisir : elle évite, quoiqu'à regret, les regards de Saint-Phar. Prenant ensuite son schall, elle exécute avec Osmin une danse voluptueuse. Saint-Phar ne sait à quoi attribuer les sentimens d'amour et de crainte qu'il éprouve. Lorsqu'il veut connaître l'objet qui le charme, ses yeux ne rencontrent qu'un voile qu'Aline a soin de placer devant son visage. Zélie détourne toujours son attention. Cependant il éprouve une secrète jalousie quand il voit cette bayadère dans les bras d'Osmin. C'est alors que Zélie affecte de lui parler du bonheur de ces deux amans : elle pousse un profond soupir; et Saint-Phar ne doute plus que la Reine ne soit éprise de lui; mais la belle bayadère occupe seule sa pensée. Tout à coup Saint-Phar croit reconnaître les traits d'Aline dans cette même personne qui avait jusque-là attiré ses regards. Il se lève pour voler sur ses traces : Aline, afin de l'éviter, prend aussitôt la fuite.

SCÈNE V.

Les femmes ferment le passage à Saint-Phar, en dansant et s'accompagnant de leurs guitares; mais ses regards se portent toujours du côté où il a vu disparaître Aline. Zélie jouit en secret de son trouble : elle reproche cependant à Saint-

Phar de s'être livré avec trop peu de réserve à un mouvement que l'on pourrait trouver blâmable. Saint-Phar cherche à se disculper auprès de la Reine.

SCÈNE VI.

Aline revient sans être aperçue de Saint-Phar : elle le contemple avec la plus vive émotion, se tenant cachée dans un groupe de bayadères. Zélie déclare à l'ambassadeur qu'elle n'a pu se défendre d'une passion qu'il a fait naître. Celui-ci, étonné de cet aveu, se trouve dans un grand embarras pour dire à Zélie qu'elle doit combattre cet amour. Enfin il lui proteste qu'il ne peut répondre à un sentiment si honorable et si flatteur pour lui. Aline, charmée de cette constance, laisse éclater sa joie. Saint-Phar, l'apercevant, s'élance encore vers elle. Les femmes se présentent à lui, tenant un enfant dans une corbeille : c'est Nadir, qui jette un bouquet de pavots devant Saint-Phar : l'odeur que celui-ci en respire assoupit ses sens, et l'invite au sommeil. Il résiste, parce qu'il croit voir encore Aline fuyant à travers un buisson de roses. Il se relève pour courir de nouveau sur ses traces ; mais les femmes le reçoivent dans leurs bras ; et le jeune Nadir, placé au-dessus du buisson, secoue des pavots sur la tête de Saint-Phar, qui se laisse aller sur un banc de fleurs, où bientôt il est plongé dans un profond sommeil. Aline, qui jusque-là avait souffert d'une si longue contrainte, se livre à toute l'émotion que lui inspire son bonheur ; elle se jette sur le sein de sa chère Zélie.

SCÈNE VII.

Aline ordonne à Osmin de faire transporter Saint-Phar dans le hameau. Des noirs l'enlèvent avec le berceau de fleurs sous lequel il repose. La Reine, qui a contemplé, avec toute la curiosité et l'ardeur d'une âme vivement passionnée, l'amant qu'elle adore, se retire dans le pavillon, accompagnée de Zélie. Tout le monde, avec Osmin et les femmes, suit le berceau qu'on voit passer sur le pont.

SCÈNE VIII.

Sigiskar, que l'on a vu dans le fond, pendant la scène précédente, avec plusieurs des conjurés, témoigner sa colère contre l'ambassadeur et la Reine, entre aussitôt que le cortége a défilé, et fait part à ses amis du projet qu'il a formé de détrôner Aline, et de poignarder Saint-Phar. Ils jurent tous d'être fidèles à Sigiskar, et de favoriser son entreprise. On part en agitant les armes, et Sigiskar semble déjà jouir du fruit de sa victoire.

FIN DU DEUXIÈME ACTE.

ACTE TROISIÈME.

SCÈNE PREMIÈRE.

(Le théâtre représente un bocage. Sur le revers d'une colline un village, et plus loin un château, dont les jardins dominent sur la plaine. Un torrent coule sous un pont fait avec des troncs d'arbres.)

Les habitans de Golconde, travestis en paysans et paysannes de Provence, sont groupés, les uns sur le pont, et les autres près des charmilles. Zélie et Osmin, auprès du berceau, sous lequel Saint-Phar est endormi, attendent son réveil pour jouir de sa surprise. Osmin fait placer des gardes à l'entrée du bocage. Zélie, après avoir recommandé aux paysans et aux paysannes de bien jouer leurs rôles, fait répéter la ronde provençale. Entraînés par le plaisir et le bruit du tambourin, ils oublient que Saint-Phar sommeille ; mais Zélie leur commande de modérer leur joie. Dans ce moment Saint-Phar fait un mouvement, et tout le monde croit qu'il se réveille : chacun s'éloigne pour regagner son poste.

SCÈNE II.

Saint-Phar s'éveille en effet, et se voyant placé sur un lit de fleurs, ne sait trop s'il doit en croire ses yeux : tout ce qu'il voit, lui représente un lieu enchanté. Quelle douce illusion lorsqu'il reconnaît son pays, et le hameau qui l'a vu naître ! Il s'assure que ce n'est point un songe. Il parcourt lui-même ce site enchanteur, et, s'arrêtant sur le pont, il se rappelle avec la plus douce et la plus vive émotion qu'il a vu là, pour la première fois, sa chère Aline. Il reconnaît aussi le berceau, témoin de leurs premiers soupirs : il s'en approche et dit : « C'est ici que mon cœur s'est ouvert à l'amour : ici Aline m'a juré une fidélité éternelle. »

Il porte ses regards sur un arbre : il y découvre son chiffre enlacé avec celui d'Aline : il l'entoure et le serre dans ses bras. Dans l'excès de son transport il appelle Aline ; mais l'écho seul répond à sa voix. Un autre objet vient le distraire. C'est un jeune pâtre qui traverse le pont en jouant du flageolet et du tambourin. Il veut courir vers cet endroit ; mais le pâtre disparaît aussitôt. Tant d'émotions douces et vives ont fatigué ses sens et son esprit. Il s'assied sur un banc de gazon.

SCÈNE III.

Aline paraît alors dans le fond du paysage, portant un pot au lait sur sa tête. Elle franchit d'un pied léger tous les petits ruisseaux qui se trouvent au-devant de ses pas. Saint-Phar l'aperçoit au moment où elle est sur le pont. Son étonnement est extrême : il n'ose s'approcher ; il craint ; il tremble : sa raison se perd ; il reste immobile. Aline s'approche sans paraître étonnée : elle pose à terre son pot au lait, et fait une révérence à Saint-Phar, qui témoigne une grande surprise. Aline s'en aperçoit ; elle le prie de n'être pas fâché si elle vient si tard. On voit l'étonnement de Saint-Phar s'accroître par degrés. Aline jouit en secret de son embarras, et le regardant d'un air naïf, elle le prie de ne point se fâcher. Saint-Phar, contraint et embarrassé, l'assure que rien ne le contrarie. Aline feint d'avoir du chagrin, et de ne pas ajouter foi à ses paroles ; elle lui montre le banc de gazon : elle soupire, comme pour lui reprocher sa faiblesse. Saint-Phar est sur le point d'essuyer ses larmes ; mais Aline, lui saisissant la main, la serre et la presse contre son cœur. Saint-Phar ne peut plus résister, et se livrant à tous les transports d'une joie exaltée. « Oui, c'est elle, s'écrie-t-il, ce sont les traits d'Aline! » Il la conjure de mettre fin à cette cruelle incertitude. « Comment! lui répond Aline, pouvez-vous méconnaître ces lieux, ce château, votre demeure? Auriez-vous oublié ce pont, cet arbre que vous avez orné de nos chiffres? ce gazon où, en voulant vous fuir, je laissai tomber mon pot au lait. Enfin cet anneau, gage de votre foi? » Saint-Phar, qui n'a jamais quitté celui qu'il a reçu d'Aline, le lui montre pour se justifier. Aline, certaine d'être toujours aimée, se précipite dans les bras de Saint-Phar. Celui-ci la presse contre son sein : il voudrait l'entraîner vers le buisson. Aline d'un air malin lui dit : « Non, Monsieur, plus de tête-à-tête. » Saint-Phar devient pressant. Aline fait un geste, et les paysans paraissent.

SCÈNE IV.

Les habitans de Golconde, toujours déguisés en Provençaux, arrivent, ayant à leur tête le petit pâtre et des musiciens jouant du galoubet. Osmin et Zélie viennent saluer Saint-Phar. Lorsque Zélie fait la révérence, Saint-Phar croit la reconnaître, et il voudrait s'approcher d'elle pour mieux distinguer ses traits ; mais Aline l'invite à venir près d'un tertre pour s'y rafraîchir. Saint-Phar, après avoir hésité un moment, la suit, s'assied près d'elle et s'abandonne entièrement à son illusion. Les pâtres exécutent une danse provençale : Aline, Osmin et Zélie finissent par y prendre part ; et pendant cette danse, l'illusion et le délire de Saint-Phar sont au comble.

SCÈNE V.

On voit descendre de la colline un eunuque noir, porteur d'un papier qu'il remet à Osmin. Celui-ci, après l'avoir lu, témoigne la plus vive inquiétude. Il voudrait, sans être aperçu, instruire la Reine d'une révolte qui s'est élevée parmi les gardes. Elle donne ses ordres, et la danse continue.

On entend le bruit des armes. La consternation se peint sur tous les visages. La Reine anime par sa présence ses fidèles sujets, qui courent pour s'armer.

Saint-Phar voyant s'éloigner Aline, la suit entouré des villageois qui l'entraînent dehors du hameau.

Sigiskar à la tête des conjurés pénètre dans ce lieu mystérieux. Son étonnement est au comble à l'aspect de ce site qu'il ne connaissait pas. Il ordonne de le détruire. Aussitôt les révoltés s'emparent de haches, de torches allumées, et exécutent les ordres du ministre.

Sigiskar sort dans l'espoir de s'emparer du trône de Golconde.

SCÈNE VI.

(Changement de décoration. Le théâtre représente l'intérieur d'une tente.)

Les troupes révoltées, poursuivies par des

grenadiers français, fuient de toutes parts. Sigiskar allait recevoir le prix de sa perfidie, sans la générosité de Saint-Phar, qui de son épée détourne le coup de bayonnette qu'un soldat lui portait. Des fanfares annoncent la défaite des rebelles et la victoire de la Reine. Déjà les sons d'une marche triomphale se font entendre. Saint-Phar ordonne de se saisir des coupables, et sort pour aller au-devant de la souveraine de Golconde. Les gardes sont à la tête du cortége. Ensuite viennent des esclaves noirs, au bruit de leurs cimbales. Des bayadères dansent avec leurs schalls. De jeunes filles portent des parfums; d'autres jonchent la terre de fleurs : elles précèdent un riche palanquin, sur lequel la Reine est portée par quatre captifs. Saint-Phar, placé à ses côtés, lui donne la main. Des Indiens armés ferment la marche; et le peuple qui suit, exprime sa joie par des danses. Lorsque la Reine est montée sur son trône, Saint-Phar jure à ses pieds, en portant la main sur son épée, de lui garantir la jouissance de ses états. Tous les Français suivent l'exemple de l'ambassadeur.

Aline veut récompenser ses libérateurs. Des esclaves apportent de riches présens qu'elle leur offre avec grâce. Sigiskar paraît anéanti; mais Saint-Phar n'a reçu encore aucun témoignage de gratitude. La Reine fait signe aux gardes d'emmener Sigiskar. Saint-Phar ose intercéder pour lui et pour ses complices. La Reine, qui d'abord se montre inflexible, finit par se rendre à tant de sollicitations, pourvu que Sigiskar et les siens s'humilient à ses pieds et témoignent leur repentir; mais le farouche Sigiskar préfère la mort à cet acte d'humiliation. En se retirant, il lance des regards terribles à la Reine et à l'ambassadeur.

SCÈNE VIII.

Aline descend de son trône. Saint-Phar et les officiers de sa suite veulent prendre congé d'elle; mais la Reine, toujours cachée sous son voile, offre sa main à l'ambassadeur. Saint-Phar, d'abord immobile d'étonnement, finit par refuser ses offres, pour demeurer constant et fidèle à sa chère Aline. La Reine affecte un grand courroux, mais le cœur d'Aline est satisfait de retrouver dans Saint-Phar un amant toujours fidèle. Les gardes reçoivent l'ordre de retenir Saint-Phar. Tout le monde se retire, et la Reine sort elle-même d'un air menaçant, comme outrée du refus qu'elle vient d'éprouver.

SCÈNE IX.

Saint-Phar, se trouvant seul, se livre à ses réflexions. Son imagination lui retrace sans cesse les lieux où il a cru revoir sa chère Aline : son âme est en proie à la plus vive agitation. Zélie se présente à l'ambassadeur. Saint-Phar, qui l'avait prise jusqu'à cet instant pour la Reine, est frappé d'étonnement en reconnaissant son erreur. Il la conjure de le conduire vers Aline. Aussitôt Zélie fait un signe.

SCÈNE X.

Des esclaves tirent les rideaux de la tente où l'on voit la Reine assise sur un trône magnifique, et entourée de tout le luxe oriental. A son côté sont rangés les seigneurs de la cour de Golconde. Les esclaves, les bayadères, les eunuques forment différens groupes.

Saint-Phar reconnaît, dans la Reine, Aline, entourée de toute la majesté royale. Il craint encore que ce ne soit un prestige ; mais il ne doute plus de son bonheur lorsqu'Aline descend de son trône, et se précipite dans ses bras pour lui dire de la rendre heureuse en partageant avec elle son empire, et en lui accordant le titre d'épouse.

Saint-Phar peut à peine résister à tant de joie et à tant de bonheur. Les soldats et le peuple se prosternent en signe de respect et d'obéissance. Une fête asiatique termine cette heureuse journée.

FIN.

www.ingramcontent.com/pod-product-compliance
Lightning Source LLC
Chambersburg PA
CBHW060837180626
46818CB00004B/1486